Textes intégraux

Conception graphique : Flammarion et Marie Pécastaing

Éditions Flammarion (n° L.01EJDN001029.C002)
87, quai Panhard-et-Levassor, 75647 Paris Cedex 13

Dépôt légal : octobre 2014 – ISBN : 978-2-0813-1029-2
Imprimé en Asie par APS en juillet 2016
Loi n° 49-956 du 16 juillet 1949 sur les publications destinées à la jeunesse

Le PÈRE CASTOR raconte ses contes de l'hiver

Père Castor ■ Flammarion

Sommaire

24 petites souris avant Noël

Raconté par **Magdalena** ★ Illustré par **Nadia Bouchama**

1er décembre

Madame Honorine Souris accroche le calendrier de l'avent en disant à ses 24 petites souris :
– Il reste 24 jours avant Noël !

Mamie Albertine sort son tissu damassé et ses fils colorés pour broder la nappe de Noël.
Coline mélange les bobines de fils.

2 décembre

C'est l'expédition !
La famille Souris part en ville regarder les vitrines de Noël.
Adeline et Aline mangent des gaufres à la crème Chantilly.
Adeline a de belles moustaches blanches.

3 décembre

Pauline propose d'écrire au Père Noël une grande lettre qui fait toute la longueur du couloir. Mandarine et Céline découpent des images dans les catalogues de Noël. Clémentine et Justine dessinent.

4 décembre

Maxime, Joakim et Théotime partent avec Papa Souris couper le grand sapin dans la forêt. Ho hisse ! Ho hisse ! Ils le tirent jusqu'à la maison !
Joakim avance à califourchon sur le tronc.

5 décembre

C'est la grande fouille. Au grenier, la tête dans les malles et les cartons, Martine et Marine cherchent des décorations. Rosine se déguise en arbre de Noël.

6 décembre

Les petites souris décorent le sapin. Roseline et Léontine accrochent les boules, les guirlandes et les anges. Violine grimpe sur la grande échelle pour poser l'étoile sur la cime.

7 décembre

Sabine, Philippine et Amandine cherchent dans le jardin des branches et des pommes de pin.
Sabine trouve une drôle de boule... c'est un hérisson !

8 décembre

Avec pinceaux et peinture, Papa Souris et ses petits peignent en rouge et vert des branches, des noix, des pommes de pin, et tout ce qui leur tombe sous la patte.
Sandrine et Géraldine se disputent à coups de pinceaux et finissent avec de la peinture plein le museau.

9 décembre

Valentine et Gwendoline découpent toutes sortes de papiers : papier brillant, papier froissé... Théotime, Maxime et Joakim enfilent des cœurs, des étoiles et des ronds sur de longs fils, pour faire des guirlandes qui pendent du plafond.

10 décembre

Avec du sel, de l'eau et de la farine, Mamie Albertine fait de la pâte à sel, pour fabriquer des petits bougeoirs.
Coline a de la pâte plein les pattes !

11 décembre

Toutes les petites souris, perchées sur des escabeaux, des chaises, des tabourets ou des échelles, décorent les vitres avec de la peinture blanche et des pochoirs... sauf Céline qui a peur de tomber, elle préfère regarder !

12 décembre

Maman Honorine distribue des cartes de vœux pour écrire à ceux qu'on aime. Pas un coin de table n'est libre.
Sabine pleure, elle n'a pas de place.

13 décembre
Cela sent bon le chocolat chaud dans toute la maison : c'est le jour des truffes et des papillotes !
Les apprentis pâtissiers se lèchent les doigts.
Sandrine a caché des truffes dans la poche de son tablier.

14 décembre
Il est temps de fabriquer la couronne de l'avent pour l'accrocher sur la porte d'entrée. Comme personne ne veut faire la même, Maman Honorine décide d'en réaliser plusieurs : une pour la porte du garage, une pour le portail, une pour la porte de derrière, et une grande pour la porte de devant. Ainsi, tout le monde est content…
sauf Théotime qui déteste les couronnes de l'avent !

15 décembre
C'est la répétition des chants de Noël. On remplace les instruments de musique par des ustensiles de cuisine.
Quel boucan ! Maman Honorine a un peu mal à la tête !

16 décembre
Il neige ! La famille Souris fait un bonhomme de neige pour commencer, et une bataille de boules de neige pour terminer !
Maxime, Marine, Mandarine et Martine rentrent trempés.

17 décembre
Rosine et Roseline cherchent du houx partout pour faire un bouquet. Aïe ! Ouille ! Ouille ! Ça pique !
Personne ne veut porter les branches.

18 décembre

C'est le jour du ramonage. Joakim et Sabine nettoient la cheminée pour le passage du Père Noël. Sabine a trouvé un nid de cigognes. Tant pis, elles devront déménager !

19 décembre

Zut ! Il y a de la suie partout. Il faut faire le grand ménage, à coups de balais et de chiffons, d'éponges et de torchons. La maison est encore plus propre qu'avant.
Clémentine s'est cachée pour ne pas travailler.

20 décembre
Il reste encore le jardin à décorer. Amandine et Mandarine accrochent des gros nœuds et des guirlandes électriques. Pauline et Justine attachent une banderole ***Joyeux Noël*** ! sur le toit, ainsi le Père Noël reconnaîtra la maison !

21 décembre
Ce sont les dernières courses avant Noël. Les petites souris, sac sur le dos, choisissent des cadeaux pour Papa et Maman Souris. Violine boude en revenant, car elle veut un jouet !

22 décembre
Léontine, Valentine et Géraldine emballent les paquets. Adeline et Aline se font des bracelets et des serre-tête en ruban. Maxime et Théotime plient du papier cadeau pour faire des avions et des bateaux.

23 décembre
C'est le jour des pâtisseries : petits sablés, roses des sables, bûche de Noël... Un nuage de farine flotte dans la cuisine. Barbouillées du museau aux pattes, Céline et Gwendoline mangent des gâteaux.

24 décembre
Sandrine et Philippine préparent le repas du Père Noël et des rennes, avant de se mettre au lit. Thermos de chocolat chaud, gâteaux et carottes attendent devant la cheminée sur un plateau.

Le 25 décembre,
c'est enfin le jour
de Noël. Youpi !

Blanc Bonhomme de Neige

Raconté par **Magdalena** ★ Illustré par **Thomas Baas**

Au Pays Blanc, on voit venir de loin le Père Noël,
tout de rouge vêtu. On le regarde, on le salue.
Il est content, il sourit.

Le Bonhomme de Neige passe inaperçu.
Qui se soucie de lui ? Qui le voit ? Personne !

Le pauvre Bonhomme de Neige pleure
et se lamente sur son sort.

Il se plaint à ses amis :
- Blanc sur blanc, je suis comme transparent ! C'est tout juste si on ne me marche pas dessus. D'ailleurs, l'an passé, personne ne m'a invité à danser. Alors c'est décidé, je n'irai pas au bal de la nouvelle année. J'en ai assez !!

Ses amis s'agitent autour de lui,
contents d'avoir trouvé une solution.

- Mets donc mon bonnet bleu sur ta tête !
lui dit un lutin en lui donnant son bonnet.

- Prends cette carotte orange comme nez !
lui dit un renne en lui tendant sa carotte.

- Enroule donc mon écharpe jaune autour de ton cou !
lui dit un nain en lui offrant son écharpe.

- Enfile donc mes bottes rouges !
lui dit le Père Noël en déchaussant ses bottes.

À présent Bonhomme de Neige
est habillé de couleurs de la tête aux pieds !
Il déambule tout content en saluant les passants.
Ce soir, ce ne se sera plus comme avant :
il se sent différent.

Au bal de la nouvelle année, il fait voler son écharpe jaune,
il tourne en faisant danser son bonnet bleu,
il tourbillonne en agitant son nez orange,
il virevolte en faisant claquer ses bottes rouges.
Il est si radieux, il est si heureux.

« Qui va gagner cette année
la branche du gardien du Pays Blanc ? »
se demande Bonhomme de Neige
qui rêve de ce trophée depuis si longtemps...

– Lui, lui, lui !
Regardez comme il est coloré !

Les doigts désignent tous Bonhomme de Neige
qui n’en croit pas ses yeux !

- Tu garderas l'entrée du Pays Blanc
tout au long de l'année jusqu'au prochain bal,
lui dit chaleureusement le Père Noël
en lui remettant la branche et en l'embrassant.

Bonhomme de Neige a remporté la branche
pour la tenue la plus remarquée de la soirée.
Il tient fièrement son trophée !

On ne peut pas se tromper en arrivant au Pays Blanc.
On le voit de loin.

En haut de la montagne, au milieu des neiges,
un joyeux Bonhomme de Neige
vous accueille en souriant.

Comment la grand-mère se fit des amis

Conte traditionnel français raconté par **Jean Muzi**
Illustré par **Aurélie Guillerey**

C'était l'hiver, par une nuit de pleine lune.
Il faisait un froid vif, ce soir-là. Tout était blanc.
Poussés par le vent, de gros flocons de neige voletaient dans la nuit avant de se poser sur le noyer du jardin.

Dans une petite maison isolée,
vivait une vieille femme pauvre et solitaire.
Une grosse bûche brûlait dans la cheminée.
Le feu ronflait et dégageait une chaleur agréable.
La femme venait de terminer son modeste repas.

Elle rapprocha sa chaise de l'âtre et tendit ses mains vers les flammes pour les réchauffer.
Une chandelle se consumait lentement sur la table.
La vieille femme avait travaillé tout le jour sur son métier à tisser. Elle était fatiguée.

Elle bâillait et songeait à se coucher,
quand elle entendit frapper à la porte.
Qui pouvait bien venir lui rendre visite si tard ?
La femme alla ouvrir et vit une chèvre noire qui grelottait.
L'animal portait un manteau et un petit chapeau blancs
que les flocons de neige avaient fabriqués en s'accumulant
sur son pelage.
– Qu'est-ce qui t'amène ? lui demanda la femme.
– Grand-mère, j'ai très froid, répondit la chèvre.
Accorde-moi l'hospitalité pour la nuit.
– Va vite te mettre au chaud dans la grange.

La chèvre entra aussitôt dans la grange qui était tout
à côté. La femme referma la porte et alla se coucher.

La maison était endormie,
quand on frappa à nouveau.
La vieille femme se leva, ouvrit
la porte et aperçut une poule rousse
qui semblait à bout de forces.
– Que puis-je pour toi ? lui demanda-t-elle.
– Grand-mère, je suis épuisée, murmura la poule.
Accorde-moi l'hospitalité jusqu'à demain.
– Va vite te reposer dans la grange.

La poule s'y rendit aussitôt
et la femme alla se recoucher.

Le calme régnait sur la maison, lorsqu'on vint encore frapper à la porte. La vieille femme se releva pour ouvrir. Elle vit un chien au pelage gris et noir qui ressemblait à un loup. Elle eut peur et referma aussitôt.

Le chien gratta sur la porte avec ses griffes et la supplia :
– Tu n'as rien à craindre, Grand-mère, ouvre-moi ! Je ne te ferai aucun mal.
– Que viens-tu faire ici ?
– Je suis fatigué et j'ai froid. Je te demande seulement de m'accorder l'hospitalité jusqu'au lever du jour.
– Va vite te coucher dans la grange, lui dit-elle.

Le chien y alla aussitôt et la femme se dirigea vers son lit.

Mais la vieille femme s'était à peine recouchée qu'on cogna une nouvelle fois à la porte de la maison. Elle ouvrit et aperçut un âne gris qui avait l'air triste. Elle était tellement épuisée qu'elle ne lui posa aucune question et lui dit tout de suite :
– Va vite t'allonger dans la grange.

L'âne obéit aussitôt et la femme referma la porte.

Un peu plus tard, un chat tigré tapa à la porte.
– Grand-mère, dit-il, accorde-moi l'hospitalité durant quelques heures, sinon je mourrai de froid.
– Va vite te réfugier dans la grange, répondit la vieille femme.
Le chat s'y rendit aussitôt.
La femme jura qu'elle n'ouvrirait plus à personne.
Elle se jeta dans son lit et s'endormit profondément.

Le lendemain, la vieille femme se réveilla un peu plus tard qu'à l'accoutumée.
Dès qu'elle fut debout, elle se prépara un grand bol de café sucré et mangea deux tartines beurrées qu'elle trempa dans le liquide brûlant.

Elle regarda par la fenêtre et vit qu'il ne neigeait plus.
Alors elle sortit et se rendit à la grange.
Les animaux dormaient encore.
La femme les observa quelques instants avant de les réveiller doucement.
– Je vous ai hébergés cette nuit comme vous me le demandiez, leur dit-elle. Mais il vous faut partir maintenant. Je ne peux pas vous garder plus longtemps, car je suis trop pauvre pour vous nourrir tous.

La chèvre bêla et répondit :
– Grand-mère, si tu me gardes, je te donnerai mon lait. Avec mon lait, tu pourras faire des fromages que tu mangeras ou iras vendre au marché.

Puis la poule caqueta et ajouta :
– Grand-mère, si tu me gardes, je pondrai pour toi de gros œufs. Tu pourras les gober ou en faire des omelettes.

Le chien aboya ensuite et dit :
– Grand-mère, si tu me gardes, je protégerai ta maison et ton jardin. Et je ferai fuir les voleurs.

Quant à l'âne, il se mit à braire avant de dire :
– Grand-mère, si tu me gardes, tu pourras utiliser mon crottin comme engrais et récolter ainsi davantage de légumes. Je transporterai tout ce que tu iras vendre au marché. Et en montant sur mon dos, tu pourras te déplacer sans fatigue.

Enfin le chat miaula et dit :
– Grand-mère, si tu me gardes,
je chasserai les souris et les rats
qui grignotent tout
dans ta maison et ta grange.

Alors la grand-mère décida
de garder les cinq animaux.
– Vous me rendrez service, leur dit-elle.
Et surtout, vous me tiendrez compagnie…
je ne serai plus jamais seule.

La botte du Père Noël

Raconté par **Magdalena** ★ Illustré par **Romain Mennetrier**

C'est un Noël froid, très froid.
Avec de la neige blanche, très blanche,
qui tombe et couvre tous les toits des maisons.

Éléonore, le nez collé à la vitre, regarde les flocons de neige virevolter devant la fenêtre.
– Éléonore, que fais-tu ? demande Maman.
– Je m'inquiète, Maman. J'ai peur que le Père Noël glisse et tombe du toit avec toute cette neige.
– Mais non, il vient du pôle Nord, il est habitué, tu sais.

Éléonore a enfilé son pyjama.
Elle fait le tour du salon et regarde dans la cheminée pour vérifier que le conduit n'est pas bouché.

Elle compte une dernière fois toutes les friandises disposées sur la nappe blanche :
– Crottes en chocolat, nougats, sablés glacés, rochers à la noix de coco, papillotes, meringues, tartelettes et babas. Tout est là.

Éléonore embrasse ses trois peluches préférées,
Ourson, Lapinou et Souricette, puis les installe
sur le canapé face à la cheminée.
Elle leur murmure quelques mots à l'oreille :
– Vous restez là, cette nuit ; vous me raconterez s'il vient...

– Vite, au lit, Éléonore ! appelle Maman.
Demain, c'est Noël. On se lèvera tôt,
on déballera les cadeaux et on mangera les gâteaux.

Au milieu de la nuit, quand tout le monde est endormi,
le Père Noël atterrit sur le toit.
Il glisse par la cheminée, vide sa hotte et dépose
les cadeaux sous le sapin sans faire de bruit.
– Humm, comme ça sent bon ! dit-il soudain.

Le Père Noël est un gourmand.
Quand il commence, il ne sait pas s'arrêter.
Il goûte les papillotes, croque quelques nougats,
mange des tartelettes, des babas, des crottes en chocolat,
avale des rochers et des sablés glacés
sans même les mâcher.

Le temps presse.
Le Père Noël a encore de nombreux cadeaux à distribuer.

À regret, il décide de quitter les lieux, les poches pleines de friandises et le ventre bien arrondi.
Mais, misère de misère !
Le Père Noël se retrouve coincé dans le conduit de la cheminée.

Souricette est réveillée par une petite voix qui crie dans la nuit.
– À l'aide, je suis coincé !

Souricette regarde de tous côtés et voit une paire de bottes qui gigote dans le vide. Elle tire, tire, et hop ! une botte lui tombe sur la tête.

– **Oh ! là là ! il faut me sortir de là**, il me reste tant de maisons à visiter. Si seulement je n'avais pas été si gourmand, se lamente le Père Noël.
– Attends, dit Souricette, je n'y arrive pas toute seule, je vais réveiller Lapinou.

Lapinou, encore à moitié endormi, réfléchit.
– Il ne faut pas tirer, il faut pousser.
Souricette et Lapinou poussent, poussent les fesses du Père Noël, mais ce dernier ne bouge pas d'un pouce.
– **Oh ! là là ! il faut me sortir de là**, ma tournée n'est pas terminée, gémit le Père Noël.
– On n'y arrivera pas tous les deux, il faut réveiller Ourson, propose Lapinou.

Ourson, encore à moitié endormi, réfléchit.
– Il ne faut pas tirer d'en bas, il faut tirer d'en haut !

Alors, les trois amis grimpent sur le toit.
Souricette glisse sur les épaules du Père Noël
et elle tire ses bretelles.
Lapinou tient la queue de Souricette et tire, tire.
Ourson attrape les oreilles de Lapinou et tire, tire.

Mais il ne se passe rien.

– **Oh ! là là ! il faut me sortir de là**, je dois finir de distribuer les jouets, continue le Père Noël.

– On n'y arrivera pas comme ça ! Il faut accrocher les bretelles à l'attelage des rennes ! suggère Souricette.

Alors les gros rennes tirent, tirent.
Et enfin, le Père Noël sort de la cheminée.
Il a le pantalon tout déchiré.

– **Oh ! là là ! vous m'avez sauvé**, et je dois filer.
– Mais il vous manque une botte ! s'écrie Souricette.
– Tant pis gardez-la jusqu'à l'année prochaine et mettez ces bonbons dedans pour la petite Éléonore.

Au matin, Éléonore s'écrie :
– Mais quel étourdi, ce Père Noël,
il a oublié sa botte dans la cheminée !

L'année suivante, le Père Noël a récupéré sa botte,
et l'a remplacée par une botte en feutrine rouge
remplie de bonbons.

Depuis, tous les ans, les enfants accrochent
à leur cheminée une botte en feutrine rouge
pour que le Père Noël la remplisse de friandises.

La moufle

Raconté par **Robert Giraud** d'après la tradition russe
★ Illustré par **Olivier Latyk**

C'était l'hiver, le terrible hiver russe qui habille de glace les rivières, qui accroche du givre aux branches des arbres, qui enveloppe les champs d'un manteau de neige.

Et il y avait un brave paysan qui n'avait plus rien pour chauffer son isba. Son bûcher était vide, et son grand poêle risquait de s'éteindre. Sa femme commença à se plaindre du froid. Le paysan enfila ses moufles, prit sa hache, et partit dans la forêt ramasser du bois.

La veille, un redoux avait ramolli la neige, puis la nuit, il avait gelé très fort, et les chemins étaient couverts de verglas. Le paysan glissa une fois, se rattrapa, glissa une autre fois, et fit de grands moulinets du bras pour se retenir.

Sa moufle droite accrocha une branche,
glissa de sa main et tomba par terre.
Le paysan, trop heureux d'avoir gardé l'équilibre,
reprit sa marche sans s'inquiéter de rien.

La moufle resta donc posée à plat au bord du chemin.

Une petite souris passait par là, toute transie.
Elle découvrit la moufle, l'examina,
vit qu'elle était épaisse et douce à l'intérieur.
Elle se dit que cela lui ferait une maison bien agréable
pour l'hiver.

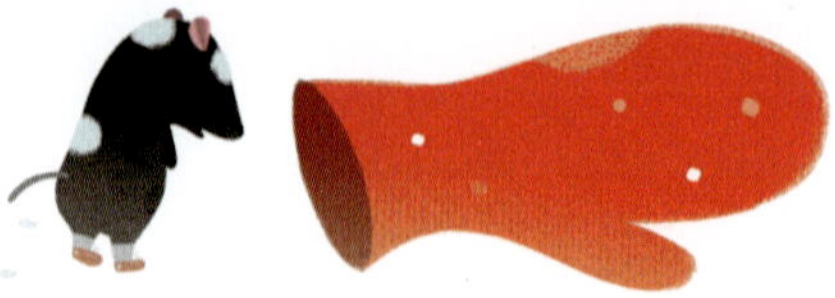

Puis vint une grenouille grelottante.
Elle jeta un œil à la moufle et s'aperçut qu'il y avait
quelqu'un dedans.
– Eh ! qui est là, dans la moufle ?
– Une petite souris qui a froid. Et toi, qui es-tu ?
– Une petite grenouille toute gelée.
Laisse-moi me mettre à l'abri.
– Là où il y a de la place pour une, il y en a pour deux.
Viens me rejoindre.

Là-dessus, passa un lapin qui tremblait
de tous ses membres.

Le lapin aperçut la moufle, vit qu'elle était habitée
et demanda à son tour :
– Oh ! eh ! qui est là, dans la moufle ?
– Une petite souris et une petite grenouille
qui avaient froid. Et toi, qui es-tu ?
– Un pauvre lapin tout gelé. Laissez-moi me mettre à l'abri.
– Là où il y en a pour deux, il y en a pour trois.
Viens nous rejoindre.

Ils étaient un peu à l'étroit,
tous les trois serrés dans la moufle.
Mais ils se tenaient bien chaud.

C'est alors que survint un renard mort de froid.
Lui aussi vit la moufle toute gonflée.
– J'aimerais bien savoir s'il y a quelqu'un dans cette moufle ? fit-il de sa voix doucereuse.
– Juste une petite souris, une petite grenouille et un pauvre lapin qui avaient froid. Et toi, qui es-tu ?
– Un pauvre renard tout gelé. Laissez-moi entrer.
– Renard, renard, à quoi penses-tu ? Jamais tu n'entreras, nous sommes déjà à l'étroit ici.
– Faites un effort, et moi, je me ferai tout petit, vous verrez !
– Bon, essaie toujours !

Et le renard se glissa dans la moufle.
Le tissu commençait à se tendre.

Une grande ombre se glissa entre les arbres. C'était un loup. Le froid devenait de plus en plus vif, et la bête était toute frigorifiée.

Dès que le loup vit la moufle, il se réjouit.
Mais la moufle lui paraissait vraiment très grosse.
Il interrogea :
– Est-ce qu'il y aurait quelqu'un dans cette moufle ?
– Une petite souris, une petite grenouille, un pauvre lapin et un pauvre renard qui mouraient de froid. Et toi, qui es-tu ?
– Un loup gris tout gelé.
Laissez-moi entrer.
– Loup, il n'en est pas question, tu vas tout faire craquer et nous perdrons notre abri.
– Je me ferai tout petit, vous ne me remarquerez même pas !
– Essaie, on verra bien !

Le tissu de la moufle se tendit à se rompre, mais il tint bon.

C'est alors que la neige crissa sous des pas diablement lourds. Un ours cheminait dans la forêt.

Il vit la moufle boursouflée, comprit qu'elle était habitée et demanda :
– Eh là, il y a du monde dans cette moufle ?
– Une souris, une grenouille, un lapin, un renard et un loup transis. Et toi, qui es-tu ?

– Un ours brun tout gelé. Laissez-moi entrer.
– Ours, ours, toi qui es cinq fois plus gros qu'un loup, dix fois plus gros qu'un renard, tu voudrais trouver une place dans notre moufle ?
Une moufle où il y a déjà une souris, une grenouille, un lapin, un renard et un loup !
– Les amis, je suis seul dans la forêt, je n'ai même pas de caverne ni de terrier où me cacher, et le gel me ronge les os. Ayez pitié de moi !

La souris, la grenouille, le lapin, le renard et le loup se consultèrent. Ils avaient bien envie de faire un peu de place à l'ours, mais ils savaient que la moufle ne résisterait pas.
– Tant pis, fit la souris. Advienne que pourra. Vas-y, ours, nous allons nous serrer autant que nous pourrons, et toi, tâche de te faire tout petit !

L'ours replia ses pattes,
courba le dos,
rentra la tête
dans les épaules,
et s'introduisit
comme il put
dans la moufle.

De terribles craquements retentirent, les fils des coutures se tendirent, mais la moufle résista.

Personne n'avait remarqué une toute petite fourmi qui avançait vers la moufle, mine de rien. La fourmi, sans rien demander à personne, se glissa entre le loup et l'ours, et… d'un coup, tout craqua : les fils, les coutures, le tissu.

La moufle éclata en plusieurs morceaux, projetant tous les animaux dans la neige glaciale.

La souris, la grenouille, le lapin, le renard, le loup et l'ours s'ébrouèrent et partirent chacun de leur côté.

Personne n'avait fait seulement attention à la fourmi, qui, elle aussi, s'éloigna aussi doucement qu'elle était venue à la recherche d'un nouveau gîte.

Entre-temps, le brave paysan s'était enfoncé profondément dans la forêt et, soudain, il sentit sa main droite se refroidir. « Mais c'est que j'ai perdu ma moufle ! » se dit-il.

Il revint sur ses pas et finit par apercevoir des bouts de moufle éparpillés sur la neige.
– Tiens, dit-il, comment ai-je fait pour déchirer ainsi ma moufle ? Je ferais mieux de rentrer à la maison. Ma femme recoudra les morceaux et, mes mains bien au chaud, je repartirai en forêt chercher du bois pour le feu.

Une histoire de galette et de roi

Raconté par **Alice Brière-Haquet** ★ Illustré par **Vincent Mathy**

C'est l'histoire d'un petit roi
qui s'ennuyait un peu parfois.

Oh, il était bien occupé !

Toute la journée, il comptait, classait,
rangeait, recomptait.
Des rubis, des diamants,
des pièces d'or et d'argent,
des bijoux avec des perles
et des trésors en porcelaine.

Mais quelquefois, le soir,
quand il avait fini,
il se sentait un peu triste.

Un jour qu'il traînait ses souliers et son nuage noirs
le long des grands couloirs, le petit roi se dit :
« Mais que je suis bête ! Allons vite dans la cuisine.
Je pourrai y compter des cuillères, des fourchettes,
des soupières... Le tout en authentique argent,
rehaussé d'or de temps en temps ! »

Le roi s'en alla content.

Mais une fois arrivé,
il fut bien étonné d'entendre
la belle cuisinière compter
d'une drôle de manière :
– **500 grammes de pâte feuilletée,**
100 grammes de poudre d'amandes,
75 grammes de sucre,
50 grammes de beurre mou,
1 œuf et 1 jaune pour dorer.

Le roi, un peu surpris, se cacha dans la cuisine.
La cuisinière mélangeait, étalait, découpait, remplissait...

Qu'elle était jolie couverte de farine !

Quand la cuisinière eut le dos tourné,
le petit roi ne sut résister : il glissa dans la pâte
la plus belle de ses bagues.

Puis il se cacha dans le placard
et ne la quitta pas du regard,
espérant bien être là
au moment du repas.

La cuisinière recouvrait,
badigeonnait, quadrillait,
et enfournait.

40 minutes de cuisson.
Comme ça sentait bon !

Mais la jolie cuisinière ouvrit grand la fenêtre :
– Je sors la galette du four ! Venez, venez tous !
Puis elle la posa sur la table et la tailla en parts égales.

Le roi entrouvrit la porte, légèrement inquiet :
qui donc allait croquer son trésor ?

Ce fut un petit garçon qui faillit l'avaler tout rond. Le roi aurait bien protesté mais l'enfant s'était déjà levé et sauta sans manières au cou de la belle cuisinière.

– Regarde, Maman ! Il est pour toi. C'est un vrai bijou de reine et moi, je serais un peu roi...

La cuisinière prit l'enfant sur ses genoux et déposa sur sa joue un bisou si doux si doux... qu'il ébranla jusqu'au petit roi, toujours caché dans le placard.

On dit que depuis ce temps-là, le petit roi compte tout bizarre :
– **500 grammes de pâte feuilletée,**
100 grammes de poudre d'amandes,
75 grammes de sucre,
50 grammes de beurre mou,
1 œuf et 1 jaune pour dorer.

Et dans chaque nouveau gâteau,
il glisse un minuscule cadeau :
des rubis, des diamants, des pièces d'or et d'argent,
des bijoux avec des perles et des trésors en porcelaine.

cya

Mais si les coffres un jour sont vides ?

Impossible !
Le petit roi a fait construire
une grande et belle fabrique
d'où sortent
des caisses entières
de fèves...

As-tu aussi trouvé la tienne ?

Lou, la brebis

Raconté par **Karin Serres** ★ Illustré par **Hervé Le Goff**

Il était une fois une jolie petite brebis qui s'appelait Lou.

Mais son prénom la rendait très malheureuse,
car tous les agneaux de son âge pensaient :
« Lou comme un **loup** dévoreur d'agneaux ?
Lou comme l'affreux grand méchant **loup** ? »

Ils avaient peur de Lou, et aucun ne voulait jouer
avec elle. Le temps passa, les agneaux grandirent
et Lou aussi. Mais ce fut pire.

Au lieu de la craindre, les petits moutons
de son âge se moquaient d'elle :
– Eh, **loup**, montre-nous comment tu hurles
à la lune ! Dresse tes oreilles noires !
Montre tes dents pointues ! Lou, Lou,
grande méchante **loup**, attrape-nous !

Et ils ne voulaient toujours pas jouer avec elle.

Le temps passa, les petits moutons devinrent de jeunes béliers aux cornes dorées. Lou grandit, elle aussi. C'était maintenant une ravissante brebis à la laine pâle et douce comme un nuage.

Hélas, chaque fois qu'un bélier tombait amoureux d'elle, son malheureux prénom le faisait fuir ! Au moment où, les yeux dans ses yeux, le bélier murmurait :
« Je t'aime, Lou », il sursautait : aimer un **loup** ?
Il prenait alors ses jambes à son cou.
Et Lou n'avait toujours personne avec qui jouer.
Personne à qui confier ses secrets.
Personne à câliner.

Alors Lou alla trouver ses parents :
– Papa, Maman, pourquoi m'avez-vous donné ce nom si dégoûtant ?
– Parce qu'il nous plaît beaucoup, répondit son père.
– Parce qu'il est chou ! renchérit sa mère.
– Et moi alors, avez-vous pensé à moi en m'appelant comme ça ? À cause de ce fichu prénom, je n'ai pas eu un seul ami mouton et maintenant aucun des béliers ne veut m'aimer ! Je déteste ce nom ! Je veux en changer !
– Impossible, fit son père, nous ne pourrions pas nous y habituer.
– Et puis, chérie, dit sa mère, personne ici ne pourrait oublier le premier, celui que nous t'avons donné, avec amour.

– Alors je vais partir
très loin, cria Lou,
là où personne
ne me connaît !

Et Lou très en colère s'en alla toute seule
dans le blanc de l'hiver.
Elle marcha droit devant elle, sans s'arrêter
et troua la neige de ses petits sabots bien cirés,
jusqu'à ce qu'elle finisse par se sentir calmée.

« Je ferais mieux de rentrer maintenant, se dit-elle.
Papa et Maman vont être inquiets. »

Mais entre temps, la nuit était venue et Lou eut beau
chercher, elle ne retrouva plus son chemin.
Dans la nuit noire, impossible de voir le sapin tordu
au coin duquel elle avait tourné.

Et puis la neige était tellement tombée
que ses traces avaient disparu.
Lou était complètement perdue !
« Il ne faut pas que je pleure, pensa-t-elle avec terreur,
un **loup** pourrait m'entendre. »

Elle réfléchissait à un plan pour prévenir ses parents quand,
tout à coup, elle eut la plus grande peur de sa vie :
là-bas, dans l'encre de la nuit,
deux yeux venaient de s'allumer.
Deux yeux aux lueurs jaunes qu'elle connaissait.
Les yeux d'un **loup** féroce qui allait la dévorer !

Désespérée, elle se jeta dans la neige en bêlant :
– Ne me mangez pas, s'il vous plaît !
S'il vous plaît ! S'il vous plaît !

Mais les yeux jaunes ne bougeaient pas, ni le loup auquel ils appartenaient. Méfiante, Lou fit un pas de côté pour s'en aller : toujours rien.
Elle aurait dû en profiter pour fuir mais Lou était curieuse.
Il y avait là quelque chose qui l'intriguait.

À nouveau, elle regarda attentivement les deux yeux jaunes… et elle vit une larme y briller.
Des larmes dans les yeux d'un loup ?
Jamais elle n'aurait cru que cela pouvait arriver !

Lou fut prise de pitié :
– Ça ne va pas ? demanda-t-elle d'une toute petite voix.
– Noooon ! gémit le loup.
– Pourquoi ?
– C'est à cause de mon nom !
– Votre nom ? Non !
– Si ! Mes parents, qui sont du Midi, m'ont appelé Ange.
Ange, vous pensez ? Pour un loup, c'est un nom impossible à porter !
Et ça me rend si malheureux…
– Vous êtes sérieux ?
C'est fou, moi mes parents m'ont appelée Lou !

Ange le loup éclata de rire.
Lou la brebis sentit son cœur frémir.
Ils se serrèrent l'un contre l'autre pour se réchauffer.
Et toute la nuit, ils se racontèrent des secrets.
Enfin, ils avaient un ami !
Quelqu'un à qui parler ! Quelqu'un qui les comprenait...

La nuit pâlit, l'aube se leva,
et chacun dut repartir de son côté.
Le cœur léger, Lou s'en alla dans la neige craquante.
Au sapin tordu, elle agita une dernière fois la main
vers Ange qui n'était plus qu'un petit point noir.
Puis elle tourna au coin.

Lou a retrouvé son troupeau,
Ange est retourné dans sa horde.

Ils ne se sont jamais revus mais ils s'écrivent
régulièrement : une fois par an, tous les hivers,
comme une sorte d'anniversaire.
Parce que tout a changé depuis ce jour-là.
Aux dernières nouvelles, Ange est amoureux
d'une jeune louve aux yeux bleus.

Quant à Lou,
elle a trouvé son bélier charmant.
Ils ont déjà trois enfants.
Trois beaux agneaux tout blancs
qui s'appellent Rimoc,
Pernul et Fastir.
Des prénoms chou,
et qui ne veulent
absolument rien dire.